I0548592

ALBERT DURER

PIÈCE EN UN ACTE ET EN PROSE,

Par L. D. L. AUDIFFRET.

(Extrait de la REVUE DE MARSEILLE, N° de Mai 1859.)

MARSEILLE,

TYPOGRAPHIE ET LITHOGRAPHIE VEUVE MARIUS OLIVE,

Rue Montgrand, 24.

—

1859.

ALBERT DURER,

PIÈCE EN UN ACTE.

Personnages :

MAXIMILIEN Ier, empereur d'Allemagne.
Le Duc de RANZAN.
Le Comte de STEINBERG.
MICHEL WOLFMUTH.
ALBERT DURER.
Un Laquais.

La scène se passe à Nuremberg, vers la fin du XVe siècle, dans le palais de l'empereur.

Le théâtre représente un salon servant d'antichambre et ayant deux portes d'entrée. Celle qui est à la droite des spectateurs est censée communiquer avec les appartements du palais ; celle qui est à la gauche est censée conduire au dehors.

Sur le mur latéral, qui est à gauche, et à une certaine hauteur, se trouve peint à fresque un tableau représentant trois portraits.

SCÈNE Ire.

LE COMTE *(entrant par la gauche)*. — Maudite nuit ! Jeu infernal ! Toujours des pertes !... Pour combler l'abîme, il me faudrait vendre plus des deux tiers de mon patrimoine. Allons, comte de Steinberg ! aux grands maux les grands remèdes ! Marions-nous. Les riches dots sont la providence des gens ruinés ou qui sont en train de le devenir... Je verrai le duc de Ranzan ; je lui demanderai la main de sa fille, la belle Augusta, et d'un seul coup de dé... je veux dire d'un seul trait de plume, je rétablirai mes affaires.

SCÈNE II.

Le Duc *(entrant par la gauche)*, le COMTE.

LE COMTE. — Je me proposais de me rendre chez vous, duc de Ranzan. J'ai à vous demander une grâce d'où dépend le bonheur de ma vie.

LE DUC. — Cela étant, je suis bien aise de vous rencontrer. Vous pouvez parler, comte de Steinberg.

1859

Le Comte. — Mais ici, dans le palais de l'empereur?

Le Duc. — Pourquoi pas? Nous ne sommes pas attachés à la cour en qualité de muets, et je pense que nous n'allons pas conspirer.

Le Comte. — Vous le voulez? Je m'explique. Mon esprit lancé dans l'idéal rêvait, depuis quelque temps, une femme, un être parfait comme les poètes en inventent quelquefois.

Le Duc. — Les rêves trop séduisants sont dangereux, je vous en avertis. A force de tenir ses regards levés vers le ciel, on ne recueille qu'amertume et dégoûts quand il faut les reporter vers la terre.

Le Comte. — Eh bien! il m'est arrivé précisément le contraire. Au dernier bal de l'empereur, j'ai trouvé mieux que je n'avais rêvé; des grâces à défier la lyre des poètes; de l'esprit à l'emporter sur les anges.

Le Duc. — Ce portrait est trop beau pour être ressemblant. La nature n'enfante pas de tels prodiges.

Le Comte. — Il n'appartient qu'à vous d'en douter. Vous conduisiez pour la première fois votre fille à la cour.

Le Duc. — Ma fille! Vous badinez. De la fraîcheur et de la gaîté comme en ont toutes les personnes de son âge, mais voilà tout.

Le Comte. — Vous ne lui rendez pas justice. Tous les regards s'attachaient sur elle avec avidité; on lui prodiguait des louanges que sa modestie n'entendait pas: c'était l'astre de la soirée.

Le Duc. — Comte, ne parlez plus des poètes. Vous l'êtes.

Le Comte. — En sortant de ce bal, j'emportai son image gravée dans mon cœur: elle n'en sortira jamais.

Le Duc (riant). — Ah! ah! ah!... heureusement c'est moi son père qui reçois la déclaration.

Le Comte. — Depuis lors, ma liberté m'est devenue odieuse; elle me pèse comme ses chaînes à un captif.

Le Duc. — Parlez-vous sérieusement?

Le Comte (prenant un ton piqué). — Est-ce bien sérieusement aussi que vous m'adressez cette question?

Le Duc. — Vous vous fâchez. Pourquoi donc? Nous sommes à la cour, et ce n'est point ici qu'on dit toujours ce que l'on pense?

Le Comte. — Jugez de ma sincérité... Je vous demande la main de votre fille.

Le Duc. — Assurément, tout cela est très-flatteur pour Augusta.

Le Comte. — Je ne flatte pas ; j'exprime ce que je sens et je vous conjure de prononcer mon arrêt.

Le Duc. — Il faut donc, monsieur le comte, que je vous apprenne ce que vous avez encore le droit d'ignorer. Dans une affaire de cette importance, une réponse ne peut être, de la part d'un père, que le résultat des plus mûres réflexions, car il est responsable envers lui-même, envers sa famille et envers la société, du dépôt que Dieu lui a confié. Quels que soient le nom que vous portez et la haute position que vous occupez auprès de l'empereur, ne trouvez pas mauvais que j'accomplisse mes devoirs dans toute leur étendue.

Le Comte. — Mais... c'est juste.

Le Duc. — D'ailleurs, ma fille est bien jeune. A peine a-t-elle achevé son éducation ; et s'il faut ne vous le point cacher, je m'étais promis de ne pas me séparer d'elle avant d'avoir reçu, pendant quelque temps encore, les soins de sa tendresse.

Le Comte. — Qu'à cela ne tienne ! nous ne vous quitterons pas.

Le Duc. — Mais elle se partagerait entre nous deux, et je suis égoïste.

Le Comte. — Non, vous ne l'êtes pas. Non, vous ne sauriez l'être quand il s'agit de votre enfant, de son avenir. Consultez-la, je vous en supplie, et permettez-moi d'espérer...

Le Duc. — Permettre d'espérer, ce serait presque prendre un engagement, et je viens de vous dire que je devais réfléchir.

Le Comte. — Soit. J'attendrai vos résolutions... je ne puis ajouter patiemment, vous ne me croiriez pas. (Il salue profondément le duc et se dirige vers la porte à gauche.)

Le Duc. — Et où allez-vous donc ? Votre service vous retient pour toute la journée auprès de Sa Majesté.

Le Comte. — Je reviendrai bientôt : elle n'aura pas le temps de s'apercevoir de mon absence. (A part.) Quand on ne peut pas payer ses dettes de jeu dans les vingt-quatre heures, faut-il bien au moins qu'on demande du temps à ses créanciers. (Il sort par la gauche.)

SCÈNE III.

Le Duc. — Le comte de Steinberg pour gendre!... Il est jeune, riche, bien posé à la cour... et cependant cette idée ne me sourit point... Nous verrons.

SCÈNE IV.
L'Empereur, le Duc.

L'Empereur (*entrant par la droite*). — Vous voici, duc! J'en suis enchanté. Vous aimez la peinture. Vous êtes connaisseur, grand connaisseur même, et votre collection de tableaux est une des plus belles de mon empire. Les artistes trouvent en vous un protecteur; et vous croyez, comme moi, que le ciel, en donnant des ailes au génie, a voulu l'élever au niveau des plus hauts rangs et des plus grandes fortunes. Soyez donc le bienvenu; je désirais vous voir. Il s'agit d'une question d'art.

Le Duc. — Je suis aux ordres de Votre Majesté.

L'Empereur. — Vous m'avez dit vingt fois qu'à l'aspect de cette fresque admirable où une main aujourd'hui inconnue a groupé les portraits de mes trois derniers aïeux, vous éprouviez un mal affreux. Vous placer en face de la figure du grand Barberousse mutilée par un regrettable accident, c'est vous mettre à la question.

Le Duc. — Je ne m'en cache pas.

L'Empereur. — Vous n'ignorez pas que je me suis associé à votre supplice et que si cette figure n'est point encore restaurée, l'obstacle n'est venu que de la difficulté de trouver un peintre à qui l'on pût, sans crainte, confier un tel soin; car je ne veux voir en aucune manière maltraiter mes aïeux.

Le Duc. — Oui, je le sais, sire.... Jusqu'à ce jour, nous avons demandé à l'étranger les toiles qui ornent nos demeures. L'école allemande n'existe point encore; mais Martin Schon, Mecken, Michel Wolfmuth et quelques autres sont en train de la créer. Vous pourriez choisir parmi ces artistes.

L'Empereur. — C'est ce que je me suis enfin décidé à faire. J'ai mandé auprès de moi Michel Wolfmuth, et il est averti qu'il doit apporter sa palette et ses pinceaux... Causons, en l'attendant, d'un sujet qui vous touche. Votre fille a obtenu un magnifique succès à mon dernier bal.

Le Duc. — Ah! sire, puisque vous daignez vous souvenir de ma fille, voudriez-vous me permettre de vous faire une double confidence?

L'Empereur. — Je vous aime et je vous estime trop, duc de Ranzan, pour refuser de vous entendre.

Le Duc. — Le comte de Steinberg vient de me demander la main d'Augusta.

L'Empereur. — Le comte de Steinberg? Avez-vous promis?

Le Duc. — Non, sire.

L'Empereur. — Vous ne promettrez pas. Livrer un pareil trésor aux mains de cet homme! Mais vous ne tarderiez pas à en mourir de douleur.

Le Duc. — Vous m'effrayez!

L'Empereur. — Des bruits qui couraient sur sa conduite m'avaient donné quelques soupçons et je tremblais de les éclaircir, en songeant aux services que mon père avait reçus du sien, lors des entreprises de Mathias Corvin. Mais, ce matin même, un rapport inattendu a déchiré le voile. Le jeu et la débauche ont dévoré la plus grande partie de sa fortune. Cette nuit encore, on l'a vu sortir tout agité d'un ignoble tripot.

Le Duc. — Quel service me rend Votre Majesté?

L'Empereur. — Il suffit. Je respecterai votre secret, mais vous respecterez le mien... J'attends votre seconde confidence.

Le Duc. — Vous la trouverez étrange. Un jeune homme de basse condition, si j'en juge par ses vêtements, ne cesse, depuis plusieurs mois, de suivre les pas de ma fille. Je n'ai pas tardé à m'en apercevoir; mais la prudence m'a imposé silence jusqu'à ce jour.

L'Empereur. — Je vous délivrerai de cet insolent. Augusta doit être indignée...

Le Duc. — Elle l'a été tout d'abord... Maintenant elle ne parle plus de lui... et quand elle le rencontre... elle rougit.

L'Empereur. — C'est assez! Connaissez-vous le nom de ce jeune homme, sa demeure?

Le Duc. — Non, sire.

L'Empereur. — Je saurai cela, moi. A quels traits peut-on le reconnaître?

Le Duc. — Il y a dans sa physionomie un inexprimable mélange de douceur et de fierté. A sa démarche aisée, on le prendrait pour le plus distingué de vos gentilshommes caché sous un déguisement, et...

L'Empereur. — C'est bon. Nous en reparlerons demain à mon lever. Vous vous y trouverez, duc de Ranzan.

SCÈNE V.

Empereur, le Duc, Wolfmuth, un Laquais.

Le Laquais (annonçant). — Maître Michel Wolfmuth ! (Il sort.)

Wolfmuth. — Je me rends aux ordres de Votre Majesté.

L'Empereur. — Qu'avez-vous donc ? Ce bras en écharpe...

Wolfmuth. — Sire, bénéfice du métier ! J'étais occupé à peindre une coupole; je suis tombé d'un échafaudage, et je me félicite d'en être quitte pour un bras cassé.

L'Empereur. — Combien je le regrette ! d'abord pour vous et puis pour moi. Cette fresque avait besoin de vos pinceaux.

Wolmuth (regardant la fresque). — Des portraits ! Mais, c'est beau ! Je reconnais Frédéric III, votre père; Frédéric II, votre aïeul... Quant au troisième, que s'est-il donc passé ?

L'Empereur. — C'était la figure de Barberousse, de ce chevaleresque empereur qui ne crut pas s'abaisser en s'inclinant devant Guillaume de Tyr. La réputation dont vous jouissez m'a décidé à vous charger du soin de sa restauration. Par malheur, j'ai mal choisi mon temps.

Wolfmuth. — Permettez, sire, que j'examine de plus près... Je ne crois point me tromper. Il serait dangereux de vouloir refaire la figure. Quelques coups de pinceau peuvent suffire pour rétablir l'harmonie dans cette œuvre magnifique... Seulement, il faut qu'ils soient donnés par une main habile.

L'Empereur. — En est-il une digne de suppléer la vôtre?

Wolfmuth. — Bien certainement, et la fresque y gagnerait. C'est celle d'un de mes élèves, Albert Durer.

L'Empereur. — Un de vos élèves ! Vous n'y songez pas.

Wolfmuth. — Cet élève sera bientôt le chef de notre

école. Léonard de Vinci semble lui avoir légué le sentiment du beau qui constitue l'art; Le Pérugin, cette grâce des mouvements, cet éclat des couleurs qui trompent le regard, en le mettant en présence de la nature même. Il n'a que vingt-quatre ans; mais, à dix-sept, Andrea Mantegua de Padoue, avait déjà exposé un chef-d'œuvre.

L'Empereur. — Maître Wolfmuth, je ne sais si je me trompe; il me semble que ce nom d'Albert Durer ne m'est pas précisément inconnu.

Le Duc. — Effectivement, on l'a prononcé l'an dernier à l'occasion de l'incendie qui dévora une maison voisine de ce palais. Un vieillard était sur le point d'être enveloppé par les flammes; un jeune homme s'élança et l'arracha à une mort certaine.

Wolfmuth. — C'était Albert Durer, mon élève.

L'Empereur. — Il me semble qu'on l'a prononcé encore au sujet d'une aventure qui a couru toute la Bavière. On prétend qu'un jeune homme du peuple heurta involontairement un grand seigneur dans un passage étroit. Le grand seigneur tira son épée. Le jeune homme s'en saisit, la brisa, remit la pointe au grand seigneur et, armé de l'autre tronçon, s'écria : « En garde ! » On ajoute que le grand seigneur se sauva à toutes jambes et son nom est resté ignoré. Quant au jeune homme...

Wolfmuth. — Toujours mon élève, Albert Durer.

L'Empereur. — Votre élève n'est donc pas seulement un homme de talent; c'est aussi un homme de cœur. Qu'il vienne! qu'il vienne ! je lui livre cette fresque.

Wolfmuth. — Sire, en sortant de chez moi, je lui ai donné ordre, à tout événement, de venir me rejoindre ici avec sa palette et ses pinceaux.

L'Empereur. — C'est bien, maître Michel Wolfmuth; je vous remercie. Vous lui ferez connaître ce que je demande de lui, et je reviendrai lorsqu'il sera au travail. Suivez-moi, duc de Ranzan. *(Sortie par la droite.)*

SCÈNE VI.

Wolfmuth. — Durer perce... Il perce de toutes les manières, et Sa Majesté ne manquera certainement pas de le prendre sous sa protection... Maître Michel Wolfmuth ! son nom aidera le vôtre à passer à la postérité.

SCÈNE VII.

WOLFMUTH, DURER *(entrant par la gauche et portant une boîte et une palette.)*

DURER. — En vérité, maître, il n'a pas été facile de pénétrer jusqu'à vous. Que de cérémonies pour introduire un pauvre écolier dans le palais d'un empereur! Si je n'avais pas été porteur de cet attirail, je serais, à coup sûr, resté à la porte.

WOLFMUTH. — Je croyais que tu arriverais plus tôt. Je parie qu'avant de te mettre en chemin, tu as donné le dernier coup de pinceau à cette tête de jeune fille...

DURER. — Vous avez raison... Je me suis dit que la foudre pouvait tomber à chaque instant et m'écraser, et je n'ai pas voulu risquer de laisser inachevés les portraits de la personne que j'aime le mieux en ce monde, après ma mère.

WOLFMUTH. — Tu es fou, mon ami. Cette personne est une des plus riches héritières de l'Allemagne; son père est le favori de l'empereur. Que peux-tu espérer?

DURER. — Rien, et pourtant je ne voudrais pas guérir de ma blessure.

WOLFMUTH. — Je te plains... Mais occupons-nous d'autre chose. Dans cette fresque remarquable, tu vois une figure mutilée. L'empereur te charge de la restaurer. C'est celle de Barberousse.

DURER. — J'ai vu quelque part un portrait de ce prince que l'on dit très-ressemblant. Ses traits ne sont point sortis de ma mémoire, et il me semble que je pourrais les reproduire avec fidélité. Laissez-moi examiner la fresque. *(Il se rapproche de la fresque et monte sur une chaise pour la considérer de plus près.)* Maître, en y regardant attentivement, on distingue encore les lignes principales, les couleurs... La restauration de cette figure ne sera qu'un jeu d'enfant.

WOLFMUTH. — Tu crois... A l'ouvrage donc, Albert!

DURER. — Oui, à l'ouvrage! et dans un moment, il ne tiendra qu'à l'empereur de contempler les traits du plus illustre de ses aïeux.

SCÈNE VIII.

Le COMTE *(entrant par la gauche)*, WOLFMUTH, DURER *(sur la chaise)*,

LE COMTE. *(Il aperçoit Durer, reste immobile sur le seuil de la porte et dit à part)* — O ciel! en croirai-je mes yeux?

DURER (*apercevant le comte*). — Non, je ne me trompe pas ; c'est lui ! c'est ce grand seigneur...

LE COMTE (*à part*). — Contenons-nous.

DURER (*à part*). — Il est troublé; (*Ses regards s'attachent sur le comte qui traverse la scène et sort par la droite.*) Et moi, calme, je puis le regarder... de haut en bas.

SCÈNE IX.
WOLFMUTH , DURER.

WOLFMUTH (*qui a observé avec étonnement ce qui s'est passé dans la scène précédente*). — Qu'est-ce donc que ceci, Albert?

DURER (*descendant de la chaise*). Le jeune seigneur que vous venez de voir et qui s'est éloigné, honteux...

WOLFMUTH. — Je l'ai reconnu. C'est le comte de Steinberg.

DURER. — Le comte de Steinberg est un lâche. La pointe de son épée à la main, il ne se bat pas contre ceux qui n'en ont que la poignée.

WOLFMUTH. — Quoi! ce serait là ?...

DURER. — Oui, j'en suis certain.

WOLFMUTH. — Un tel homme dans le palais de l'empereur !

DURER. — Heureusement que Barberousse n'est ici qu'en peinture.

WOLFMUTH. — Calmons-nous. L'empereur va bientôt revenir. Qu'il te trouve à la besogne !

DURER. — Une échelle, maître ! Trouverai-je une échelle ?

WOLFMUTH (*prenant une échelle dans la coulisse et la plaçant sous la fresque*). — En voici une. C'est sans doute à notre intention qu'elle a été apportée ici... Maintenant je te laisse. (*Fausse sortie.*) Un moment encore... Tu sais que le duc de Ranzan est attaché à la personne de l'empereur.

DURER. — Je le sais.

WOLFMUTH. — Il peut se faire qu'il vienne à paraître. Dans ce cas, que la fermeté de ta main ne soit point trahie par ton émotion.

DURER. — J'y tâcherai.

WOLFMUTH. — Je vais donner quelques ordres dans mon atelier, et je reviens. Adieu. (*A part.*) Je rapporterai la poignée de l'épée de ce grand seigneur. Qui sait si je ne trouverai pas l'occasion de la lui rendre? *(Il sort par la gauche.)*

SCÈNE X.

DURER. *(Il ouvre la boîte et prend sa palette et ses pinceaux).* — Quelle journée! Le duc de Ranzan, le comte de Steinberg et moi, moi le pauvre Albert Durer, réunis dans le palais de l'empereur! Ah! devant cette fresque, il est prudent de chasser une pareille idée.

SCÈNE XI.
Le Duc, Durer.

LE DUC. — Voyons ce jeune artiste... Je veux avoir un tableau de lui.

DURER. — Ah! *(Saluant profondément.)* Monseigneur le duc de Ranzan!

LE DUC — Comment!... Est-ce bien vous qu'on nomme Albert Durer?

DURER. — Moi-même.

LE DUC. — Ce n'est pas dans le palais de l'empereur que je croyais vous rencontrer. Mais, puisqu'il en est ainsi, ne craignez-vous pas que je vous adresse les reproches que vous méritez?

DURER. — Quoique vous puissiez dire, monseigneur, je suis prêt à m'incliner respectueusement devant vous.

LE DUC. — Depuis six mois, il ne m'est plus possible de me montrer avec ma fille dans les rues de Nuremberg que je ne vous trouve sur mon passage. Vos regards audacieux s'attachent sur mon enfant. Je me suis tu par des considérations dont je n'ai point à vous rendre compte. Mais faut-il bien enfin que je mette un terme à votre conduite sans excuse.

DURER *(quittant la palette et les pinceaux).* — Sans excuse! Vous vous trompez, monseigneur. J'avais résolu de faire un tableau où la figure de Rébecca occuperait la première place. Mon imagination était impuissante à me fournir un modèle tel que je le désirais et je me décidai à le chercher parmi les jeunes filles de Nuremberg. J'allais, je parcourais la ville en tous sens, au hasard, mais vainement; et je commençais à me lasser, lorsqu'un jour, à quelques pas de votre demeure, je vous rencontrai. Votre fille était à vos côtés, et j'avais découvert mon modèle.

LE DUC. — Que dites-vous là?

DURER. — Ma Rébecca fut belle dès les premiers traits que je jetai sur la toile. Mais ce n'était point assez. Chaque fois que je m'étais trouvé sur votre passage, je rentrais dans l'atelier de maître Wolfmuth et j'ajoutais à mon œuvre quelques-unes de ces grâces que j'avais surprises au modèle et que nul artiste n'aurait pu deviner.

LE DUC (avec un ton d'humeur très-prononcé). — Il me semble que cette œuvre devrait être terminée depuis longtemps.

DURER. — Il y a deux semaines, j'ai cru qu'elle l'était, et j'en ai fait une copie; mais hier, à la dernière heure du jour, sur les bords de la Pegnitz, je me suis dit que j'étais encore loin de la réalité.

LE DUC. — Jeune homme, je vous défends de continuer à vous attacher aux pas de ma fille. Je vous le défends.

DURER. — Vous me le défendez! Et si j'ai encore besoin de retoucher mon tableau! Non, non, je ne vous obéirai pas tant que je serai libre de parcourir les rues de Nuremberg et les bords de la Pegnitz.

LE DUC (après un moment de silence, se calmant et se rapprochant de Durer). — Durer, on dit que vous avez du talent et divers traits que l'on raconte de vous attestent que vous avez plus encore : la noblesse du cœur. Je veux vous donner une preuve d'estime. Ce que j'ai le droit d'exiger, ce que j'ai le pouvoir de vous imposer... je vous le demande comme une grâce.

DURER. — Comme une grâce! Vous le duc de Ranzan, demander une grâce au pauvre Albert Durer! Ah! que vous êtes puissant à cette heure, monseigneur! Je vous ai dit que je ne vous obéirai pas tant que je serai libre de parcourir les rues de Nuremberg et les bords de la Pegnitz. Eh bien! je quitte l'Allemagne; je vais mettre entre votre fille et moi l'espace de plusieurs royaumes. Vous ne me rencontrerez plus sur votre chemin.

LE DUC. — Durer, je suis ému... vivement ému de votre généreuse résolution, et je vous en remercie. Des motifs impérieux m'empêchent de la combattre... et je suis même forcé de me montrer plus exigeant encore. J'avais devancé l'empereur pour vous prier de me vendre un de vos meilleurs tableaux : maintenant je veux en avoir deux. Cédez-moi l'original et la copie de votre Rébecca. Je souscris d'avance au prix que vous leur mettrez, et songez bien qu'ils ont pour moi une immense valeur.

Durer *(avec fierté)*. — Monseigneur, dès ce soir, on portera chez vous la copie, à la condition expresse que vous l'accepterez comme un don. Quant à l'original, je l'emporte avec moi.

Le Duc. — Non, Durer, vous n'agirez point ainsi. Il me faut les deux tableaux ; il me les faut absolument.

Durer *(avec force)*. — C'est trop. Je résiste. *(Se jetant aux pieds du duc, en pleurant.)* Mais, par pitié, monseigneur, oui, par pitié, ne me les demandez pas comme une nouvelle grâce.

Le Duc *(le relevant)*. — Relevez-vous, mon ami.

Durer. — Tout ce que le ciel m'a donné d'âme et d'intelligence, je l'ai mis dans ces deux tableaux : me les arracher l'un et l'autre, ce serait m'arracher la vie.

Le Duc. — Arrêtez... Votre imagination...

Durer. — Si j'étais noble et riche, comme vous l'êtes, monseigneur, je vous les céderais pour le seul prix qu'il vous fût possible d'en donner... et je ne m'éloignerais pas de Nuremberg.

Le Duc *(à part)*. — Pauvre jeune homme ! *(Haut.)* Finissons cette conversation. J'accepte la copie. Je l'accepte comme un présent. Mais quand vous serez loin de l'Allemagne, quelle que soit votre position, n'oubliez pas que vous avez laissé ici un véritable ami... Pour ce qui est de l'original de votre tableau, emportez-le.... Si jamais quelqu'un reconnaît ma fille dans votre Rébecca, vous répondrez à celui qui vous interrogera, que l'artiste a le droit de choisir ses modèles partout où il les trouve, et que Raphaël a peint ses vierges d'après nature. *(Il sort par la droite.)*

SCÈNE XII.

Durer. *(Il parcourt un moment la scène en silence et comme absorbé dans ses réflexions. Puis, il s'écrie tout-à-coup :)* — Allons! avant de quitter Nuremberg, rendons la vie au grand Barberousse. *(Il reprend sa palette, ses pinceaux et monte vivement sur l'échelle.)*

SCÈNE XIII.

WOLFMUTH, DURER (*travaillant*).

WOLFMUTH. — Eh bien! où en sommes-nous?

DURER. — Je commence seulement, maître; mais, je l'avais prévu, ma tâche sera facile.

WOLFMUTH. — Je ne dirai pas tant mieux, car je sais combien les difficultés t'effraient peu... A quoi as-tu employé ton temps depuis que je t'ai quitté?

DURER. — J'ai vu le duc de Ranzan..

WOLFMUTH. — Cela ne m'étonne pas. Je t'avais bien dit...

DURER. — Je lui ai promis la copie de ma Rébecca.

WOLFMUTH. — Cela m'étonne davantage... Raconte-moi ce qui s'est passé entre vous deux.

DURER. — Plus tard, maître, si vous le voulez bien. Maintenant, souffrez que je sois tout entier à Barberousse.

WOLFMUTH. — Tu as raison. (*Il va s'asseoir à l'extrémité opposée de la scène.*) Travaille, mon enfant! L'Allemagne a les yeux fixés sur toi et l'Italie détachera bientôt un laurier de sa couronne pour le poser sur ton front. (*Assis et après un moment de réflexion.*) Mais, pourquoi ces êtres marqués du sceau du génie, ne sont-ils pas exempts des faiblesses de l'humanité?... Qui sait l'abîme où une passion insensée conduira mon Albert? (*Il se lève et s'approche de Durer.*) Tu avances?

DURER. — Quelques moments encore! quelques moments!

WOLFMUTH (*examinant la fresque*). — Parfait! (*On entend un bruit dans la coulisse.*) On vient. Continue, je t'en prie... Tu ne dois pas te déranger, fût-ce pour l'empereur lui-même.

SCÈNE XIV.

L'EMPEREUR, le DUC, le COMTE, WOLFMUTH, DURER (*sur l'échelle et continuant à travailler.*)

L'EMPEREUR (*au comte*). — N'insistez pas davantage, comte de Steinberg. Je ne puis vous autoriser à vous absenter de votre service. Il faut que j'aie une conversation particulière avec vous.

LE COMTE (*à part*). — Que me veut-il?

WOLFMUTH. — Sire, il ne manque plus que quelques traits à la figure de votre aïeul. Mon élève est inspiré. Un seul mouvement pour s'incliner devant Votre Majesté, pourrait tout compromettre... Je lui ai commandé de continuer quand même vous entreriez dans ce salon.

L'Empereur. — Vous avez bien fait, maître Wolfmuth; c'est ainsi que je comprends les artistes. (*Il regarde travailler Durer.*)

Le Duc (*regardant de même travailler Durer*). — Voilà qui tient du merveilleux ! En si peu de temps !

L'Empereur (*au duc*). — Ne le troublons pas. Admirons en silence. (*Durer fait un mouvement comme si l'échelle vacillait et l'Empereur continue avec effroi*) Mais, qu'ai-je vu ? L'échelle n'a-t-elle pas vacillé ?... Steinberg, retenez-là...

Le Comte (*sans bouger de place*). — Moi, sire !... Maître Wolfmuth, rendez ce service à votre élève.

L'Empereur (*repoussant Wolfmuth qui s'élance et allant lui-même retenir l'échelle*). — Ce sera moi (1) !

Wolfmuth (*regardant l'Empereur*). — Les sujets d'un prince qui veille ainsi sur un pauvre artiste ne sauraient être malheureux.

Durer (*sautant à bas de l'échelle*). — C'est fait. (*Il s'incline devant l'Empereur.*) Sire !...

L'Empereur. — Durer, vous avez justifié les éloges que maître Wolfmuth vous a donnés. Votre pinceau était digne de s'associer à celui qui créa ce chef-d'œuvre. Vous serez une des gloires de l'Allemagne, et si le comte de Steinberg a refusé de vous secourir dans le danger, nous voulons qu'aucun seigneur de notre empire ne se puisse croire en droit de vous dédaigner. Nous vous anoblissons. Nous vous donnons pour armoiries trois écussons d'argent, deux en chef et un en pointe sur un champ d'azur (2). Comte de Steinberg, honorez l'élève de maître Michel Wolfmuth. Sachez que s'il nous est possible de faire d'un simple artiste un gentilhomme, nous ne pourrions jamais, avec toute notre puissance, faire d'un gentilhomme un artiste comme Albert Durer.

Le Duc. — Sire, la noblesse que vous venez de donner à ce jeune homme supprime la distance qui existait entre lui et moi. Votre Majesté daignera-t-elle me permettre d'unir son blason au mien, en lui accordant la main de ma fille ?

(1) Historique.
(2) Historique.

L'Empereur. — Je devine. Nous avons déjà parlé de lui... Albert Durer, soyez l'époux d'Augusta.

Durer. — Est-il possible ?

Le Comte (*au Duc*). — M. le duc de Ranzan a donc oublié que, ce matin même, je lui ai demandé la faveur de devenir son gendre. Me fera-t-il la grâce de m'expliquer la préférence ?...

Wolfmuth. — Pardon, monseigneur, si je vous interromps : mais je craindrais que ce qui se passe ne finît par me faire oublier que mon élève vous doit une restitution. (*Il tire de dessous ses vêtements la poignée d'une épée et la présente au comte.*) Voici la poignée de votre épée que vous avez laissée, il y a quelque temps, entre ses mains.

L'Empereur (*vivement*). — Comment ! le comte de Steinberg ?...

Wolfmuth. — Sire, Votre Majesté reconnaîtra les armoiries qui en décorent le pommeau.

L'Empereur. (*Il prend la poignée, l'examine et dit au comte*). — Ce sont les vôtres.

Le Comte (*à part*). — Je suis perdu.

L'Empereur. — Nous défendons, par égard pour la mémoire de votre père, qu'on rappelle autour de nous cette aventure, et surtout qu'on y mêle votre nom. Mais comme nous admettons Albert Durer à nous faire sa cour, nous pensons, comte de Steinberg, qu'il vous serait pénible de vous trouver ici face à face avec lui. Nous vous invitons donc à vous rendre dans votre terre la plus rapprochée des frontières de nos états. Vous y resterez jusqu'à ce qu'il nous plaise de vous rappeler. Allez. (*Le comte sort par la gauche.*)

SCÈNE XV et dernière.

L'Empereur, le Duc, Durer, Wolfmuth.

L'Empereur. — Et vous, maître Wolfmuth, nous ne saurions vous oublier. Nous vous nommons notre premier peintre et nous vous confions la direction de notre galerie de tableaux... à condition que vos œuvres et celles de votre élève y occuperont la première place.

www.ingramcontent.com/pod-product-compliance
Lightning Source LLC
Chambersburg PA
CBHW061507170626
46811CB00004B/1648